CW01501817

Les microbes attaquent !

L'auteur : Joanna Cole a eu une prof de sciences qui ressemblait un peu à Mlle Bille-en-Tête. Après avoir été institutrice, bibliothécaire et éditrice de livres pour enfants, Joanna s'est mise à écrire. La série *Le Bus magique* connaît un très grand succès aux États-Unis !

L'illustrateur : Yves Besnier est né en 1954. Il habite à Angers. Il illustre des affiches publicitaires ainsi que des livres pour enfants chez Gallimard, Nathan, Hatier, Bayard. Il a dernièrement illustré *Cendorine et les dragons*, paru en 2004 chez Bayard Éditions Jeunesse.

L'auteur tient à remercier John F. Farina pour ses conseils judicieux lors de la préparation du manuscrit.

Titre original : *The Giant Germ*
© Texte, 2000, Joanna Cole.
Publié avec l'autorisation de Scholastic Inc., 557 Broadway, New York, NY 10012, USA.
Scholastic, THE MAGIC SCHOOL BUS, le Bus magique et les logos sont des marques déposées de Scholastic, Inc.
Tous droits réservés.
Reproduction, même partielle, interdite.
© 2005, Bayard Éditions Jeunesse pour la traduction-adaptation française et les illustrations.

Conception : Isabelle Southgate
Réalisation de la maquette : Sylvie Lunet
Suivi éditorial : Karine Sol.

Loi n° 49 956 du 16 juillet 1949
sur les publications destinées à la jeunesse.
Dépôt légal : juin 2005 – ISBN : 978 2 7470 1478 6.
Imprimé en Allemagne par Clausen & Bosse.

Les microbes attaquent !

Joanna Cole

Traduit et adapté par Éric Chevreau
Illustré par Yves Besnier

QUATRIÈME ÉDITION
BAYARD JEUNESSE

La classe de Mlle Bille-en-Tête

Raphaël

Thomas

Véronique

Carlos

Ophélie

Kicha

Anne-Laure

Lise

Arnaud

Bonjour,
je m'appelle Kicha,
et je suis dans la classe de Mlle Bille-en-Tête.

Tu as peut-être entendu parler d'elle,
c'est une maîtresse extraordinaire,
mais un peu bizarre.
Elle est passionnée de sciences.
Pendant ses cours, il se passe toujours
des choses incroyables.

En effet, Mlle Bille-en-Tête
nous emmène souvent en sortie

dans son **Bus magique** qui peut se transformer
en hélicoptère, en bateau, en avion...

Ah ! J'oubliais ! La maîtresse s'habille
toujours en rapport avec le sujet étudié,
et elle a un iguane, Lise. Original, non ?

Dans ce livre, tu trouveras les dossiers
que nous préparons à la maison
et les informations fournies
par l'ordinateur portable de la maîtresse...
Ainsi, tu seras incollable
sur les microbes !
Et ça, ce n'est pas mal non plus !

Un sandwich au moisi

– Youpi ! s'exclame Raphaël en balançant son panier-repas à bout de bras.

– Je n'y crois pas ! dit Véronique. Un pique-nique !

Quelle cachottière, notre maîtresse ! Midi venait juste de sonner quand Mlle Bille-en-Tête a annoncé :

– La météo prévoit un temps superbe pour aujourd'hui. J'ai donc fait préparer, pour les élèves qui déjeunent à la cantine, des repas à emporter. Nous allons manger dehors !

En effet, le temps est parfait, chaud et ensoleillé, avec un ciel bleu pétant ! Nous récupérons nos repas et nous nous retrouvons assis en rond sur la pelouse de l'école.

Mlle Bille-en-Tête nous a aussi demandé d'apporter notre carnet de sciences et un crayon, pour prendre des notes. Je me demande de quoi on va parler. D'habitude, pour le savoir, il suffit de regarder la tenue de la maîtresse. Mais, ce matin-là... impossible de deviner ce que représentent les créatures bizarroïdes dessinées sur sa robe !

– Quelle chance on a d'avoir une maîtresse comme Mlle Bille-en-Tête ! chuchote
Anne-Laure à mon oreille.

Arnaud, qui n'a pas perdu une minute
pour déballer son sandwich, s'écrie :

– Thon et mayonnaise, miam !

Affamée, je me jette également sur mon
casse-croûte. Mais, au
moment de mordre
dedans, je pousse
un cri de dégoût :

– Berk ! Le mien est au poulet et à la moisissure, on dirait !

– Fais voir, fais voir ! s'écrient les autres en chœur, excités par ma découverte.

Je fais circuler mon pain, tout piqueté de petites taches verdâtres. Grimace générale...

– Baaah... C'est dégoûtant !

Mais les yeux de la maîtresse s'allument tels ceux d'un enfant découvrant ses cadeaux le matin de Noël :

– Au contraire, c'est passionnant ! Un vrai miracle de la nature ! Et savez-vous qui est responsable de cela ?

– Le cuisinier, je suppose...

– Non, Kicha. Ce sont les microbes ! Chaque tache de moisissure est constituée de millions de microbes...

– C'est quoi, les microbes ? demande Thomas.

Anne-Laure lève les yeux au ciel et soupire :

– Pff... Quel ignorant ! Les microbes sont les plus petits animaux vivant sur Terre. Ils sont si minuscules qu'on ne peut pas les voir sans microscope. C'est de là que vient le mot « microscopique ».

Thomas, qui n'aime pas être pris pour un idiot, hausse les épaules et réplique :

– Puisqu'ils sont si microcospiques, mademoiselle je-sais-tout, pourquoi on les voit sur le sandwich de Kicha, alors ?

– Mi-cros-co-piques ! corrige Anne-Laure.

Si on les voit, c'est parce qu'il y en a des millions regroupés !

Mlle Bille-en-Tête vient en aide au pauvre Thomas :

— En effet, les microbes sont plus nombreux sur Terre que tous les autres êtres vivants. Je crois que c'est le moment de prendre des notes. Thomas n'est sûrement pas le seul à se poser des questions sur les microbes !

Les microbes étaient là avant nous !

Les microbes vivent sur Terre depuis au moins trois milliards et demi d'années. Ils sont plus vieux que les plantes et que les dinosaures. Et beaucoup plus vieux que les humains, apparus seulement il y a deux « petits » millions d'années !

Thomas

– En ce moment même, poursuit la maîtresse, les microbes sont tout autour de nous. Ils flottent dans l'air que nous respirons. Ils sont sur notre peau, entre nos dents, à l'intérieur de nos corps, dans notre nourriture et dans le sol. À chaque pas, nous piétinons des milliards de microbes !

Arnaud soulève ses pieds et roule des yeux affolés : il craint sans doute une invasion soudaine !

– Je crois que je vais être malade…, gémit-il.

– Certains microbes peuvent nous rendre malades, reconnaît la maîtresse. On les appelle des germes. Il en existe plusieurs sortes, comme le virus de la varicelle, ou la bactérie qui provoque l'angine.

– Ou celle qui attaque l'émail des dents et entraînc lcs caries ! intervient de nouveau Anne-Laure.

Virus, bactérie ; tous ces noms commencent à me donner mal au ventre. À moins que... un germe ne m'ait déjà attaquée. Anxieuse, je demande :

– Mademoiselle, je ne me sens pas très bien... J'ai peut-être attrapé un virus, ou une bactérie, en touchant mon sandwich ?

Mlle Bille-en-Tête éclate de rire :

– Rassure-toi, Kicha ! Je ne pense pas que toucher à ton pain ait suffi à te rendre malade. Mais voilà une excellente occasion d'en apprendre davantage sur les microbes !

Mlle Bille-en-Tête se lève, enthousiaste, et brosse sa robe pour en faire tomber les miettes.

– Vous avez fini de manger ? Alors, tout le monde au bus !

– Quoi ? Déjà ? Mais je n'ai rien avalé, moi !

Pour être honnête, je n'ai surtout pas envie de voir des microbes de plus près... Je cherche à gagner du temps :

– Et nos déchets ? Il faudrait les jeter à la poubelle, non ?

– Laissez-les, nous ne serons pas longs !

Je soupire, mais je suis bien forcée de suivre les autres jusqu'au parking où est garé le Bus magique.

Assise dans le bus, je vois par la fenêtre le coin de pelouse où traînent nos paniers-repas. Si j'avais su qu'on partait en voyage de découverte, j'aurais au moins pensé à prendre une pomme.

La maîtresse s'installe derrière le volant et enfonce quelques boutons sur le tableau de bord. Je vois des ailes s'allonger de chaque côté du Bus magique.

Soudain, l'école à ma gauche se met à grandir, grandir, et... alors je comprends ! Ce n'est pas l'école qui grandit, c'est nous qui rétrécissons ! Car, bien sûr, pour faire ami-ami avec les microbes, il faut être... microcos... euh, microscopiques ! Bientôt, nous ne sommes pas plus grands qu'un grain de poussière. Mlle Bille-en-Tête appuie sur l'accélérateur, et le bus s'envole comme une fusée !

– Première étape, annonce la maîtresse, le sandwich de Kicha !

2
Des champignons géants

À présent, nous sommes minuscules ! Le bus est entouré de toutes sortes de créatures bizarroïdes, certaines rondes comme des ballons, d'autres en forme de bâtonnets ou encore de spirales. Arnaud, qui n'ose même plus respirer, s'inquiète :

– C'est ça, des microbes ? Est-ce qu'ils vont nous rendre malades ?

– Tous les microbes ne sont pas mauvais, le rassure Mlle Bille-en-Tête. En fait, dans leur grande majorité, les microbes font plus de bien que de mal.

– Vous voulez dire qu'il existe de bons microbes ? s'étonne Carlos.

– Bien sûr ! Tenez, regardez...

Mlle Bille-en-Tête tape le mot « microbe » sur le clavier de l'ordinateur de bord.

– Ouah ! s'exclame Carlos. Je ne savais pas qu'il existait autant de microbes différents. Il y en a de toutes les formes et de toutes les tailles !

– Sans parler des couleurs..., ajoute la maîtresse. Et, dans la nature, chacun joue un rôle bien particulier. Les microbes sont peut-être minuscules, mais ils sont très utiles.

Une grande famille

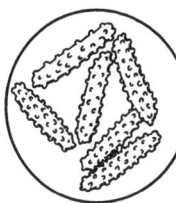

– Les bactéries :
Certaines sont dangereuses,
d'autres utiles (celles utilisées
dans la fabrication des yaourts).

– Les champignons : On s'en sert
pour faire lever le pain (la levure)
ou fabriquer des fromages
(c'est le bleu du bleu de Bresse !).
Mais certains provoquent
des maladies chez les plantes
ou chez l'homme, comme
les mycoses de la peau.

– Les algues : Elles produisent
une grande partie de l'oxygène
que nous respirons.

– Les virus : par exemple grippe
ou VIH (virus du sida).
Lorsqu'ils pénètrent dans
les cellules de notre corps,
ils les tuent. Des virus servent
à fabriquer des médicaments.

– Et ce ne sont que quelques exemples ! poursuit la maîtresse. Chaque famille comprend de nombreux microbes. Certains d'entre eux sont constitués d'une seule cellule, qui est la plus petite unité de matière vivante. D'autres, comme les champignons qui forment la moisissure du pain, en possèdent plusieurs. Et, à propos du pain...

Mlle Bille-en-Tête donne un grand coup de volant, et le Bus magique fonce dangereusement vers le sol...

Mon estomac en est tout retourné !

J'aperçois mon sandwich. D'en haut, il ressemble à une immense dune de sable. C'est sûr, on va s'écraser contre sa surface ! À moins qu'on ne s'enlise dedans comme dans des sables mouvants...

Le bus file à toute allure vers l'immense tache verte que forme la moisissure. On dirait une forêt d'arbres au bord d'une plage de sable blanc.

Heureusement, l'atterrissage se fait en douceur. Mlle Bille-en-Tête nous dit :

– Sous votre siège, vous trouverez une paire de bottes en caoutchouc et un casque. Mettez-les et suivez-moi.

Pressé d'explorer les lieux, Carlos est prêt le premier. Habillé comme un ouvrier sur un chantier, il saute du bus... et s'enfonce jusqu'à mi-cuisse dans la mie de pain !

– À l'aide ! hurle-t-il en agitant les bras désespérément.

Mlle Bille-en-Tête se précipite à son secours. Prenant pied à un endroit plus stable, elle lui tend la main. Carlos réussit à se hisser hors du trou, ou plutôt du cratère, étant donné notre taille !

Nous rejoignons la maîtresse et Carlos. On a tous beaucoup de mal à garder notre équilibre sur la surface molle, et on se met à battre des bras comme des acrobates de cirque !

Nous sommes entourés de tiges aussi hautes que des troncs d'arbres, mais lisses. Je lève les yeux vers le ciel.

Tout là-haut, les tiges donnent naissance à de petits bourgeons qui forment comme un bouquet. À côté de moi, Anne-Laure s'extasie :

– Alors, c'est ça, la moisissure ?

– Exactement, dit la maîtresse d'un ton joyeux. De superbes champignons à perte de vue !

– Mais, ça ne ressemble pas à des champignons !, s'exclame Ophélie.

– C'est parce qu'il y a différentes sortes de champignons, précise la maîtresse : les microscopiques, comme les moisissures, et d'autres, plus gros, qu'on trouve en forêt, ou les lichens qui poussent sur les arbres. Ceux-là sont visibles à l'œil nu, on ne les appelle donc plus des microbes.

– Mais qu'est-ce qu'ils font ici, ces champignons ? demande Ophélie.

– Ce qu'ils préfèrent : manger et se reproduire.

– Vous voulez dire que, pour être aussi

nombreux, ils doivent dévorer le sandwich de Kicha ? lance Raphaël.

La maîtresse hoche la tête :

– Étonnant, n'est-ce pas ? La plupart des microbes, comme les champignons ou les bactéries, se nourrissent des autres animaux ou plantes, tel le blé présent dans le pain de Kicha. Ils fabriquent des organismes qu'on appelle des enzymes et qui

fractionnent la nourriture en déchets plus petits, et plus faciles à absorber.

– Bref, dit Thomas, la pourriture est leur nourriture !

– Tu as tout compris, Thomas.

Quand je pense à ce que j'ai failli avaler ! J'en suis malade... Je m'écrie :

– Eh bien, moi, dès que j'aurai retrouvé ma taille normale, je vais me plaindre à la cantine ! Servir du pain pourri, c'est in-ac-cep-table !

– Il n'était peut-être pas pourri ce matin. Les champignons se multiplient très vite, tu sais. Regarde là-haut...

Je lève les yeux vers le sommet des champignons.

– Tu vois ces petites boules bleu vert, d'où la moisissure tient ses couleurs ? Ce sont des spores, explique la maîtresse. Des graines, si tu préfères. Elles vont donner naissance à d'autres champignons.

Je note ce que dit Mlle Bille-en-Tête.

Naissance d'un microbe

Tous les microbes ne se reproduisent pas de la même façon.

- Certains champignons fabriquent des spores, des graines, qui sont transportées par le vent ou les insectes, et donnent vie à d'autres champignons. Les cellules de la levure forment des bourgeons dont naissent d'autres cellules.

- Et les bactéries se divisent tout simplement en deux.

- Les virus, eux, doivent trouver une cellule vivante et s'en nourrir pour survivre.

Kicha

– Mais ils vont envahir la Terre ! s'écrie Ophélie, catastrophée.

– Heureusement, non, la rassure la maîtresse. Seules quelques sortes de spores arrivent à germer. Et les microbes meurent aussi vite qu'ils se reproduisent, dès que les

Conditions de vie d'un microbe

Les microbes préfèrent l'humidité et l'obscurité.

Ils n'aiment pas quand il fait trop chaud ou trop froid. Voilà pourquoi on fait bouillir les aliments ou qu'on les place au réfrigérateur. Ils adorent le sucre, mais détestent le citron ou le vinaigre des conserves.

Les fabricants ajoutent souvent des conservateurs aux aliments pour augmenter la durée de leur vie.

Kicha

conditions nécessaires à leur survie disparaissent.

Soudain, tout se met à trembler autour de nous. Une secousse me fait perdre l'équilibre, et je me raccroche aux tiges des champignons pour ne pas tomber.

– Un tremblement de terre ! hurle Arnaud.

– Du calme ! crie Thomas. Ce sont juste les CE2 qui font un peu de ménage !

La classe de CE2 s'est lancée dans un projet de recyclage des ordures dans la cour de l'école. Et, justement, c'est aujourd'hui la collecte des déchets !

Vus d'en bas, les élèves paraissent aussi hauts que des gratte-ciel. Et ils font trembler le sol à chaque pas ! Une fille se dirige dans notre direction. Elle porte des gants et ramasse des épluchures d'oranges, qu'elle jette dans son sac. Elle est bien trop occupée pour remarquer mon sandwich (et

nous dessus !), qui traîne devant elle...
Soudain, je comprends ce qui va arriver,
et je pousse un cri d'horreur :

– Attention, elle va nous écrabouiller
comme une crêpe !

Je vois le pied de la fille, énorme, qui
descend, descend, comme au ralenti...

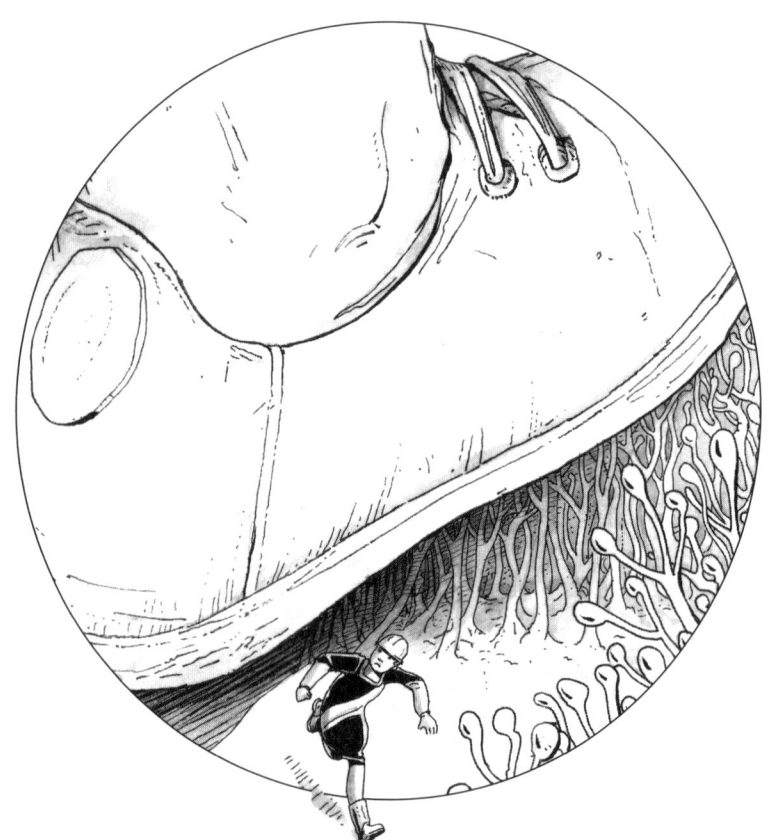

3

Ami
ou ennemi ?

– Vite ! crie la maîtresse. Tous au bus !

Inutile de me le dire deux fois ! Je prends mes jambes à mon cou et je cours avec les autres jusqu'au Bus magique.

Juste au moment où je m'engouffre dedans, une ombre recouvre tout. Par la fenêtre, je vois la semelle gigantesque de la chaussure au-dessus du bus. Je hurle :

– Nooon !

Je ferme les yeux pour ne pas voir cela. À la dernière seconde, j'entends une voix exploser comme un coup de tonnerre :

– Berk ! Un sandwich tout pourri. C'est dégoûtant !

La géante se penche pour ramasser mon casse-croûte et le jette dans son sac. Je pousse un soupir de soulagement.

Mais on n'est pas sauvés pour autant... Apparemment, la fillette se dirige vers le fond de la cour, nous ballottant dans tous les sens. J'ai comme un mauvais pressentiment...

Un instant après, nous tombons les uns sur les autres. La voix d'Ophélie retentit :

– Oh, non, regardez !

Elle montre du doigt les épluchures d'oranges, les morceaux de pain et les feuilles mortes entassés contre les fenêtres du bus. La fille a renversé son sac dans...

– Le bac à compost ! s'exclame Arnaud. C'est bien ce que je craignais.

– Qu'est-ce que c'est ? demande Ophélie.

La maîtresse tape le mot « compost » sur l'ordinateur de bord.

Compost, mode d'emploi

Le compost est un mélange de feuilles, d'épluchures de légumes et d'autres matières végétales en décomposition, c'est-à-dire en train de pourrir. Lorsque la matière est entièrement putréfiée (pourrie), on l'appelle humus. Ce terreau noir et mou, très riche en éléments nutritifs, sert d'engrais pour faire pousser les plantes. Il faut beaucoup de compost pour produire un peu d'humus.

– Dans mon ancienne école, gémit Ophélie, on n'était pas des détritus qu'on jette à la poubelle...

– Détritus, peut-être, dit Mlle Bille-en-Tête, mais, pour les microbes, c'est un véritable festin !

– Vous voulez dire que les microbes se nourrissent de ces déchets, comme de mon pain tout à l'heure ?

– Exactement.

Mlle Bille-en-Tête appuie sur un bouton du tableau de bord, et le bus grandit un peu. Nous sommes encore très petits mais, maintenant, nous pouvons voir par-dessus le sommet des champignons.

– Eh ! s'exclame Arnaud, ils s'éclatent, ici, les microbes...

C'est vrai ! Le bus est entouré d'une véritable forêt de champignons. Il y en a des milliers ! Sans parler des autres microbes.

J'en reconnais quelques-uns parmi ceux qui flottaient dans l'air tout à l'heure : les coques, les bâtonnets, les spirales. Ici, il doit y en avoir des millions et des millions de chaque sorte !

– Ce sont des bactéries, explique notre maîtresse. Il en existe des centaines de variétés. Comme les champignons, elles recherchent la matière animale ou végétale pour se nourrir. En ce moment même, ces bactéries sont très occupées à produire les enzymes qui vont morceler les déchets et les rendre plus faciles à assimiler.

Le Bus magique survole les débris de nourriture, de feuilles et de branches. C'est une véritable jungle !

D'étranges bulles de gaz remontent de ce mélange horrible. Une puanteur écœurante me pique le nez. Et je ne suis pas la seule que ça dérange.

– Pouah ! Ça pue, ici ! s'écrie Carlos.

– La décomposition ne produit pas que de l'humus, précise la maîtresse, mais aussi un gaz nauséabond, appelé dioxyde de carbone.

Maintenant, nous descendons dans le

bac à compost. Raphaël s'éponge le front avec sa manche :

– Pfff... Ce qu'il fait chaud... Je suis en nage !

– Il faut beaucoup d'énergie pour transformer tous ces déchets en terreau et en gaz carbonique. Et l'énergie, c'est de la chaleur. Les microbes travaillent tellement dur qu'ils font monter la température dans le bac à compost.

À présent, nous sommes entourés de morceaux de végétaux, qui se sont complètement mélangés pour former une espèce de boue noire.

Le Bus magique glisse, sans pouvoir s'arrêter, vers le fond de la cuve. Et si on restait à jamais prisonniers de cette gadoue ? Je m'accroche au siège devant moi.

La maîtresse, elle, continue son cours comme si de rien n'était :

– Vous voyez : ici, il ne reste plus rien de nos déchets. Bientôt, c'est ce que deviendra ton sandwich, Kicha. Heureusement, d'ailleurs ! Vous imaginez, si les microbes n'avaient pas un tel appétit ? On étoufferait sous le poids de nos ordures ! Les microbes sont le meilleur moyen de recyclage existant.

– Les microbes sont nos amis, alors ? dit Carlos.

– Oh oui. Bien sûr, certains font parfois des dégâts en s'attaquant à des plantes ou à des personnes en bonne santé, mais ils nous rendent aussi de fiers services !

Carlos note tout ce que dit la maîtresse.

Merci, les microbes !

– L'homme utilise certaines bactéries et certains champignons (comme le pénicillium) pour fabriquer des médicaments modernes, tels les antibiotiques.

– Des microbes se nourrissent aussi de poisons, de pesticides et de gaz toxiques, transformant et protégeant ainsi notre environnement.

Carlos

– Regardez cet horrible microbe qui se dirige vers nous ! s'écrie soudain Carlos. Qu'est-ce que c'est ?

Il montre du doigt un long microbe à poils qui vient à notre rencontre.

– C'est un protozoaire, répond calmement la maîtresse. Celui-ci est différent des autres microbes : il avale directement les déchets sans les découper.

– Heu... je... j'ai l'impression qu'il va nous avaler tout crus, balbutie Arnaud.

Le protozoaire file vers nous en utilisant ses poils minuscules pour se déplacer.

Mlle Bille-en-Tête fait demi-tour et enfonce la pédale d'accélérateur. Les vitres du bus sont couvertes de boue : impossible de savoir si l'affreux microbe poilu nous poursuit toujours.

Puis le bus ralentit. Je colle mon œil à la vitre, entre deux traînées de boue. Je ne distingue rien : le bus est trop rapide pour notre poursuivant.

– Bye bye, microbe ! fanfaronne Carlos.

Nous regagnons le sommet de la pile de déchets en un éclair. Ouf ! Tout le monde est soulagé. Soudain, un bourdonnement inquiétant attire notre attention.

– Oh, oh !

Des mouches ! Des douzaines de mouches volent au-dessus du bus. Leurs yeux globuleux nous paraissent énormes ! Des microbes sont accrochés à leurs pattes poilues.

Tout à coup, une mouche s'approche de nous. Elle commence à manger le compost, une de ses pattes posées sur le toit du bus.

– On dirait que les microbes ne sont pas les seules bestioles à se nourrir de nos restes, constate Thomas.

Tout à coup, nous nous mettons à tournoyer sur nous-mêmes. Le bac à compost recule sous nos roues, et devient tout petit. Puis c'est l'école qui rétrécit, rétrécit... Mon estomac se serre lorsque je réalise ce qui vient de se passer.

Ophélie, assise à côté de moi, pousse un cri :

– Oh, non ! Le bus est collé à la patte de la mouche !

La mouche s'est envolée... et nous avec !

4
Vol 714
pour Virusland

Suspendu à la patte de la mouche, le Bus magique se balance dangereusement.

– Dans mon ancienne école, c'étaient les mouches qui nous collaient, et pas l'inverse ! se plaint de nouveau Ophélie.

Mlle Bille-en-Tête tente de la rassurer.

– Oh ! Ne t'inquiète pas... Les mouches sont d'excellents moyens de transport. Regarde, dit-elle en montrant les microbes pris entre les poils de l'insecte. C'est comme cela qu'ils voyagent... et les maladies aussi !

– Moi, bredouille Anne-Laure, j'aimerais

bien savoir où elle nous emmène, cette mouche. J'espère qu'elle n'a pas l'intention de prendre son dessert à la décharge publique !

Heureusement, notre mouche se contente de tourner autour de l'école. Elle vole vers un mini-van garé devant, et s'engouffre par la fenêtre ouverte juste au moment où Jimmy, un des CE2, monte à bord.

La mouche se pose sur son épaule. Lorsqu'elle reprend son vol, le bus reste accroché à la chemise du garçon.

– Ouf ! s'exclame Véronique, soulagée. J'espère ne plus jamais voler sur Air Mouche...

Mais, en voyant le nez rouge et enflé de Jimmy, ses yeux larmoyants, je sens que la suite de notre voyage ne sera pas de tout repos.

J'entends alors Jimmy s'adresser à sa mère d'une voix rauque, en toussant :

– Merci d'être venue me chercher,

maman. J'ai vraiment trop mal à la gorge.

– Dès qu'on arrive à la maison, je te mets au lit. Tu n'as pas bonne mine. Tiens, prends un mouchoir.

– Oh, non ! Jimmy est malade, et maintenant nous sommes collés à sa chemise ! gémit Arnaud.

– Aaahh, aaaahh, tchouououm ! éternue Jimmy.

Aussitôt, nous sommes bombardés par une nuée de microbes plus petits que tous ceux que nous avons vus jusqu'ici.

On dirait de minuscules balles de ping-pong entourées de piquants. Des milliards d'entre eux, projetés de la bouche de Jimmy, viennent de se déposer sur les fenêtres du Bus magique.

– J'ai une bonne et une mauvaise nouvelle, annonce la maîtresse. La bonne, c'est que nous sommes aux premières loges pour observer une autre espèce de microbes : les virus.

– Si c'est ça, la bonne nouvelle, dit Thomas, je préfère ne pas entendre la mauvaise...

– Et la mauvaise, poursuit Mlle Bille-en-Tête, c'est que ces virus sont responsables du rhume. Donc, si nous n'y faisons pas attention, nous risquons de tomber malades nous aussi...

5

Pauvre Jimmy !

Je suis drôlement contente que toutes les vitres du Bus magique soient bien fermées ! Les virus rebondissent contre elles sans pouvoir nous atteindre.

– C'est curieux, constate Véronique. Je n'arrive pas à croire que ces minuscules microbes nous veulent du mal.

– Les virus ne veulent qu'une chose, Véronique...

– Se reproduire ! s'écrie Anne-Laure.

– Exactement, approuve la maîtresse. Et, pour cela, ils envahissent une cellule vivante.

Très intéressée, Véronique demande :

– Est-ce qu'ils font aussi des choses utiles, comme les bactéries ou les champignons ?

Elle note à toute vitesse la réponse de Mlle Bille-en-Tête.

Les virus

Savez-vous qu'il existe plus de deux cents variétés de virus responsables du rhume ? Pas étonnant qu'il soit si difficile d'en guérir.

À peine un virus vaincu, un autre peut prendre sa place !

Les virus sont vingt à cent fois plus petits que les bactéries. Cela leur permet d'entrer facilement dans un organisme pour se reproduire. Ils détruisent les cellules qu'ils envahissent, ce qui provoque la maladie.

Véronique

– Lorsqu'ils voyagent dans l'air, explique la maîtresse, les virus sont comme

endormis. Ils se réveillent en rencontrant un organisme vivant.

– Oui, eh bien, ne parlons pas trop fort, ça risquerait de les réveiller, chuchote Arnaud.

– Donc, dit Véronique sur le même ton, les virus sont sur la liste des microbes qui peuvent nous faire du mal...

Juste à ce moment-là, Jimmy referme la porte du mini-van, et hop ! nous voilà partis.

– Super ! ronchonne Arnaud. On va faire la route avec toute une armée de virus...

– Pas de panique, Arnaud ! le rassure Mlle Bille-en-Tête. Ton corps possède toutes sortes de défenses naturelles qui font barrière aux virus.

Voilà enfin une bonne nouvelle ! Quand je vois la tête de Jimmy, je n'ai franchement pas envie de lui ressembler demain ! Mais quelque chose me tracasse :

– Pourquoi Jimmy est-il malade, alors ? Ses défenses auraient dû combattre les virus...

– Malheureusement, explique la maîtresse, ce n'est pas toujours aussi simple.

J'attrape mon stylo pour noter.

Les virus à l'attaque !

Notre peau est comme une armure naturelle, qui empêche les microbes d'entrer dans notre corps. Les cils, les poils du nez rendent eux aussi l'accès difficile. Les larmes, la salive leur interdisent de s'accrocher. Mais ils peuvent pénétrer par une coupure, ou par la bouche. Lorsqu'ils deviennent trop nombreux, notre corps ne peut plus se défendre, et nous tombons malades.

Kicha

– Et c'est encore plus difficile de se défendre lorsqu'on est affaibli par le manque de sommeil, ou qu'on n'a pas une alimentation équilibrée, explique la maîtresse. De plus, notre corps résiste mal aux nouveaux virus, ceux qu'il n'a jamais rencontrés.

– Ma mère n'arrête pas de m'embêter pour que je me lave les mains, intervient Ophélie. C'est vrai que ça nous aide à rester en bonne santé ?

– Bien sûr ! En gardant notre peau propre, et particulièrement les mains, en lavant nos vêtements, nous échappons à un nombre important de microbes.

Nous sommes maintenant arrivés chez Jimmy. Sa mère le couche aussitôt après lui avoir donné un pyjama propre et jeté sa chemise dans le bac à linge sale.

Le Bus magique chavire au rythme des pas de la maman de Jimmy. Que va-t-il encore nous arriver ? Elle porte le panier jusqu'à la cuisine... où se trouve la machine à laver.

– Bien joué ! se félicite la maîtresse en se frottant les mains. Ainsi, les virus qui sont sur la chemise de Jimmy ne rentreront plus dans son corps pour lui faire du mal. Ils vont partir avec l'eau du lavage.

Un grand silence accueille les paroles optimistes de la maîtresse.

Je crois qu'elle a oublié que le bus se trouve encore collé à la chemise !

Je dis tout haut ce que les autres pensent tout bas :

– Euh... est-ce que ça veut dire que nous allons aussi partir avec l'eau du lavage ?

À cet instant, la bouche immense de la machine à laver s'ouvre juste devant nous. Une main géante saisit la chemise et la fourre dans le tambour.

6

Lessivés !

Quel déluge ! Nous sommes pris dans un tourbillon d'eau savonneuse. Heureusement, Mlle Bille-en-Tête a le bon réflexe : elle enfonce une touche sur le tableau de bord et, aussitôt, un bouclier protecteur transparent enveloppe le bus.

– Voilà qui devrait nous éviter de finir ébouillantés !

Il était temps ! L'eau savonneuse déferle sur le bus. On a l'impression de se trouver au cœur d'une station géante de lavage de voitures.

– Regardez ! s'exclame Véronique. Les virus sont complètement lessivés !

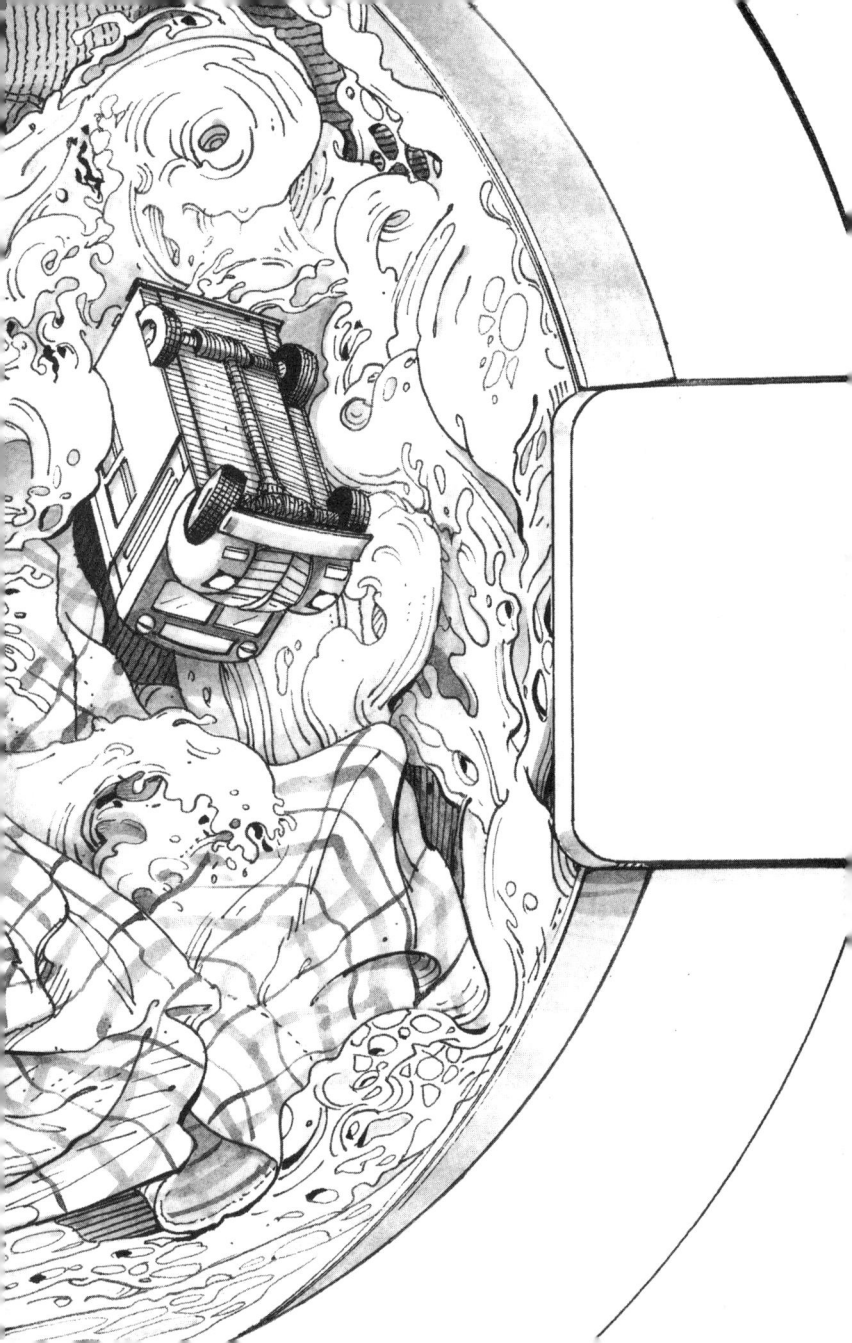

En effet, les microbes glissent de la chemise de Jimmy et pirouettent dans l'eau, sans pouvoir s'agripper.

— Bien se laver est le plus sûr moyen d'éviter les microbes, précise la maîtresse, car le savon empêche les virus de s'accrocher.

— Voilà pourquoi ma mère insiste tant pour que je me savonne bien ! renchérit Ophélie.

Grâce à l'eau savonneuse, le Bus magique se détache de la chemise de Jimmy... et nous voilà de nouveau ballottés en tout sens.

J'en suis sûre, nous allons finir dans le tuyau, avec l'eau et les microbes !

Par chance, après les cycles de lavage et de rinçage, le Bus magique se retrouve pris dans un pli de la chemise de Jimmy ! Propre, cette fois... Il n'y a plus qu'à attendre la fin de l'essorage.

La maîtresse en profite pour poursuivre :

Les conseils de ma maman pour bien se laver les mains

 1 - Lave-les à l'eau chaude avec du savon.

 2 - Frotte le dos et la paume de la main, le poignet, les doigts. Et n'oublie pas de brosser sous les ongles !

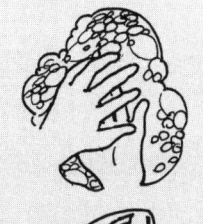 3 - Nettoie pendant au moins 10 à 15 secondes. C'est le temps nécessaire pour se débarrasser des microbes.

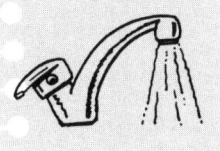 4 - Rince soigneusement !

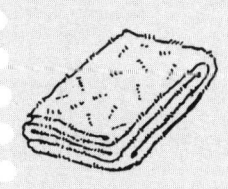 5 - Essuie-toi les mains avec ta propre serviette ou avec une serviette en papier neuve.

Ophélie

– Vous savez, il y a de nombreuses façons d'attraper des virus.

Les conseils de Mlle Bille-en-Tête

On peut attraper des virus en touchant ses yeux, sa bouche, son nez ou une plaie ouverte avec des mains sales. C'est pourquoi il faut se les laver :
– avant de préparer de la nourriture ou de manger ;
– avant de soigner une plaie ou de s'occuper de quelqu'un qui est malade ;
– après avoir été en contact avec une personne malade ;
– après être allé aux toilettes ;
– après avoir touché de la viande crue ;
– après s'être mouché, avoir toussé ou éternué ;
– après avoir manipulé des détritus ;
– après avoir joué avec un animal.

Le hublot de la machine à laver s'ouvre enfin, et la maman de Jimmy repêche la chemise. Mais nous ne sommes pas sauvés pour autant.

D'un geste vif, elle la secoue, propulsant le Bus magique dans les airs. Tout le monde voltige ! Je ferme les yeux. C'est la fin : on va s'écraser contre le carrelage de la cuisine, et le bus explosera en mille morceaux !

Pourtant, non... Notre atterrissage se fait tout en douceur. J'ouvre les yeux.

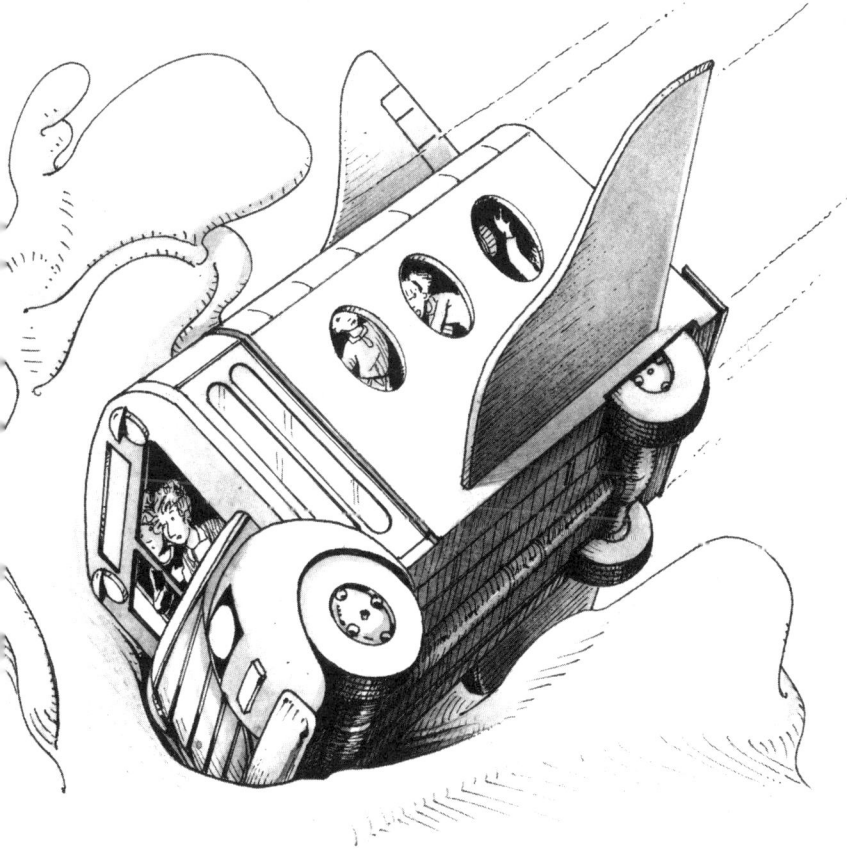

À travers la vitre, je vois une étendue de matière marron clair et collante, dans laquelle le bus s'enfonce à moitié. J'aperçois aussi de hauts murs tout autour. Qu'est-ce que...

Soudain, je comprends :

– C'est de la pâte à pain !

Une main gigantesque se met à aplatir la pâte, et nous nous retrouvons presque entièrement ensevelis. L'intérieur du bus est devenu soudain très sombre.

Je sens que nous nous envolons dans les airs. J'entends un raclement : la mère de Jimmy vient d'enfourner le moule. Personne d'autre ne se rend compte de notre situation.

Je me mets à hurler :

– Vous ne voyez pas que nous nous allons finir cuits à point !

Ça y est, les copains ont compris... Ils se mettent à taper du poing contre les vitres en criant comme des fous. Bien sûr, c'est inutile.

Personne ne nous entend.

7

Cuits à point

– C'est bien notre veine ! s'exclame Thomas. On commence par un pique-nique tranquille, et on se retrouve enfermés dans un four !

– N'aie pas peur, Thomas ! le rassure la maîtresse. Le bouclier nous protège de la chaleur. Regarde plutôt les microbes de la levure qui s'activent. C'est merveilleux, non ?

Par la fenêtre du bus, j'aperçois des cellules en forme de ballons, entourées de bulles d'air.

– Des champignons ! dit Anne-Laure.

– Tout juste, Anne-Laure, applaudit la maîtresse. Ce sont eux qui font gonfler la pâte...

– Comme les microbes du compost, qui transforment les déchets pour s'en nourrir ? demande Véronique.

– Exactement !

– Mais alors, ces microbes produisent eux

Quelle énergie !

Les cellules de la levure produisent des enzymes qui « décomposent » les sucres présents naturellement dans la pâte et les transforment en nourriture plus facile à assimiler. On appelle cela la fermentation. Les cellules de la levure trouvent ainsi l'énergie dont elles ont besoin pour se reproduire.
On utilise aussi des enzymes dans la fabrication du fromage, des yaourts, de la sauce au soja, du papier, de la lessive, du chewing-gum... et même pour délaver nos jeans !

Anne-Laure

aussi du terreau et du dioxyde de carbone ? s'inquiète Thomas.

– Berk ! fait Arnaud en fronçant le nez de dégoût. Je ne vais plus jamais manger de pain !

– Tous les microbes ne produisent pas les mêmes déchets, nous explique Mlle Bille-en-Tête. Les ferments de la levure ne fabriquent pas de terreau, juste du gaz carbonique. C'est ce qui rend le pain si léger et moelleux.

En effet, partout autour de nous, des bulles de gaz naissent et éclatent, et le pain commence à gonfler, gonfler...

– J'aime mieux ça ! dit Arnaud, soulagé.

Sauf que, moi, de voir gonfler ce bon pain tout chaud, ça me donne faim…

Et il n'est pas le seul ! Mon ventre qui gronde me rappelle que je n'ai toujours pas mangé.

Le raclement du moule contre la grille du four me fait sursauter. Je sens que nous voltigeons de nouveau dans les airs.

Puis un cri retentit, étouffé par la pâte qui nous entoure : la maman de Jimmy a dû se brûler en sortant le moule !

Un choc secoue le bus : nous atterrissons un peu brutalement sur la table de la cuisine. Nous attendons dans un silence de mort.

Tout à coup, le plancher du bus se met à vibrer, et nous perdons l'équilibre. Effrayée, Ophélie se raccroche à moi. Par la fenêtre, je vois une lame de couteau trancher le pain juste à côté du bus !

Une seconde après, nous nous retrouvons sur une tartine posée sur une assiette,

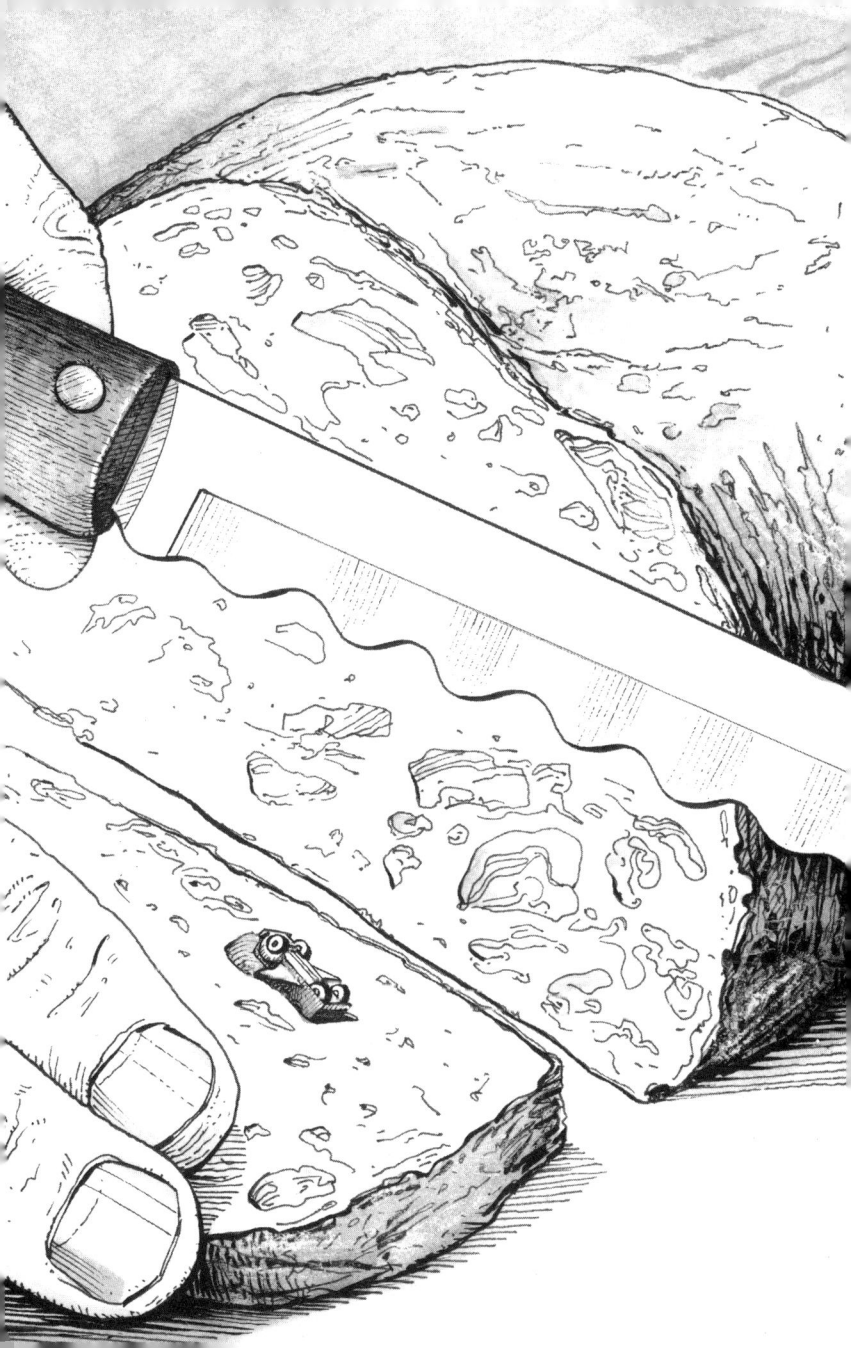

volant dans les airs jusqu'au canapé du salon, où est allongé Jimmy. La tête énorme de sa maman nous domine. Sa bouche s'ouvre. La voix est assourdissante :

– Tiens, Jimmy. Mange, ça ne peut que te faire du bien !

– Elle a raison, dit Mlle Bille-en-Tête. Il faut prendre des forces pour aider notre corps à se défendre contre les microbes.

Ventre vide sans défenses

Manger des choses saines, comme du pain complet, des fruits et des légumes frais, aide à se protéger des maladies. Il est important de bien se nourrir pour trouver l'énergie dont notre corps a besoin pour combattre les microbes dangereux.

Arnaud

– Alors, moi, je me défends tout le temps, se félicite Arnaud.

Ophélie demande d'un air inquiet :

– C'est peut-être bon pour Jimmy... mais nous, alors ? Si Jimmy a pu évacuer tous ces microbes en éternuant, il y en a sûrement plus à l'intérieur de son corps, non ?

– Oh ! bien plus, confirme la maîtresse. En ce moment même, ses défenses naturelles sont en train de livrer bataille contre une armée de virus.

Mlle Bille-en-Tête a le sourire jusqu'aux oreilles. On dirait que cela lui fait plaisir de devoir affronter tous ces microbes.

– Attention ! prévient-elle. Tenez-vous : on passe à la trappe !

La bouche immense de Jimmy s'ouvre juste à quelques centimètres devant nous. Ses dents sont comme une double barrière qui s'écarte pour nous laisser le passage et, soudain, le noir se fait...

8

C'est la guerre !

Le Bus magique glisse le long de la gorge de Jimmy. Le garçon est en train de nous avaler avec les morceaux de pain !

Je n'arrive pas à croire qu'on est à l'intérieur de son corps !

Arnaud supplie d'une voix tremblante :

– Est-ce que quelqu'un peut allumer la lumière ?

Mlle Bille-en-Tête allume aussitôt les phares, et nous découvrons notre nouveau décor… Autour de nous, tout est rouge et enflé.

Anne-Laure s'exclame en grimaçant :

– Vous avez vu tous ces virus ? C'est dégoûtant !

De minuscules virus sont collés aux cellules qui tapissent la gorge de Jimmy.

– Ces virus s'attaquent aux cellules saines pour les détruire, précise la maîtresse.

– Mais... comment font-ils ? demande Ophélie.

Mlle Bille-en-Tête enfonce quelques boutons sur le tableau de bord. De l'autre côté de la vitre, les virus semblent grossir, grossir... Ils deviennent vraiment monstrueux !

Je réalise que c'est le Bus magique qui a encore rétréci. Il est maintenant de la taille d'un virus.

– Le meilleur moyen de voir comment s'y prennent les virus, c'est de faire un bout de chemin avec eux !

La maîtresse gare le bus contre les piquants d'une de ces affreuses bestioles.

– Si, à l'extérieur du corps, les virus sont

inactifs, ici, ils sont tout à fait réveillés. Et ils ont beau être tout petits, ils font de très gros dégâts !

En effet, nous voyons le microbe à l'œuvre. Il utilise ses piquants pour percer la cellule à laquelle il s'est accroché. À force de creuser, il se retrouve vite à l'intérieur.

Le bus en profite pour se faufiler derrière lui...

– Une fois dans la cellule, le virus s'en nourrit, et utilise son énergie pour fabriquer d'autres virus ! Quelle chance de pouvoir se trouver au cœur de l'action !

La cellule se remplit de virus, toujours plus nombreux. Il y en a tellement qu'elle menace d'éclater.

J'en ai l'estomac tout retourné :

– Mais ils sont en train de la tuer !

Et ce que je craignais arrive : vaincue, la cellule finit par exploser, et nous sommes éjectés en même temps que tous les virus. Carlos s'exclame :

– Hé ! regardez ! Les petits nouveaux s'en prennent aux autres cellules de Jimmy ! Il faut faire quelque chose !

– Il faudrait lui donner des antibiotiques, déclare Véronique, très fière de connaître un mot aussi savant. La dernière fois que j'ai été malade, le médecin a demandé à maman d'en acheter.

– N'importe quoi ! réplique Anne-Laure. Les antibiotiques ne s'attaquent pas aux virus.

– J'ai peur qu'Anne-Laure ait raison, dit la maîtresse. Si le médecin t'a prescrit des antibiotiques, ce n'est sûrement pas pour combattre un virus...

Des microbes utiles

Les antibiotiques sont des médicaments fabriqués à partir de microbes (utiles, ceux-là). Ils agissent contre les bactéries, comme celles qui provoquent l'angine ou la pneumonie, en produisant des acides qui les empêchent de se multiplier. Les antibiotiques ne peuvent pas guérir les maladies causées par les virus, par exemple le rhume, la grippe, la varicelle ou les oreillons.

Anne-Laure

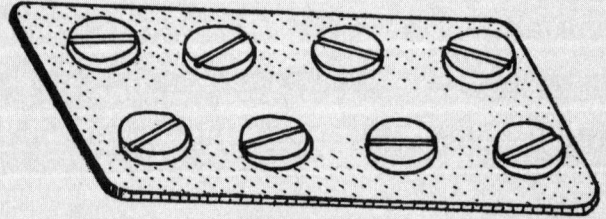

– Ne vous inquiétez pas, le corps de Jimmy peut se défendre lui–même, nous assure la maîtresse.

Mlle Bille-en-Tête donne un grand coup de volant et enfonce la pédale d'accélérateur. Nous filons à toute allure au milieu des cellules de Jimmy.

Nous pénétrons dans un vaisseau sanguin, et un flot rapide, de couleur claire, nous emporte. Je m'accroche à mon siège : je ne savais pas que le sang coulait si vite. De nombreuses cellules rouges, en forme de soucoupe volante, font le trajet avec nous.

– Regardez, dit la maîtresse. Ce sont des globules rouges. Ils donnent la couleur à notre sang. Leur travail, c'est d'apporter l'oxygène aux différentes parties de notre corps.

– Et ces taches blanches, là ? demande Ophélie.

– Ah ! les globules blancs, ils sont formidables ! Ils défendent notre corps contre les microbes qui nous rendent malades. Ils voyagent dans notre sang et combattent tous les germes qu'ils rencontrent sur leur route.

– Comme de vrais soldats, alors ? dit Thomas.

– Exactement ! Et cette armée-là réserve à ses ennemis un sort terrible...

Je comprends ce qu'elle veut dire en voyant les globules blancs attaquer les virus : ils dévorent carrément les microbes !

– Comment font les globules blancs pour tuer tous les microbes ? veut savoir Raphaël. Ils sont tellement nombreux...

– Eh bien, notre corps possède des armes qui l'aident à lutter de façon plus rapide et plus efficace. En cas d'infection, le sang afflue en masse vers les zones malades, explique Mlle Bille-en-Tête. Il amène les globules blancs en renfort !

Voilà pourquoi nous voyageons si vite à l'intérieur de notre vaisseau sanguin...

– Tout ce sang en plus, poursuit la maîtresse, rend la gorge et le nez de Jimmy rouges et enflés. La fièvre et la fatigue sont signe que son corps est en train de gagner la bataille ! Dans quelques jours, ses défenses naturelles auront vaincu les virus, et il sera de nouveau sur pied !

Fièvre en renfort

Lorsque nous sommes malades, la température de notre corps augmente : c'est la fièvre. Elle nous signale qu'il y a un danger et permet aussi de tuer par la chaleur les microbes les plus sensibles. La fièvre est le signe que notre corps se défend. Pendant la maladie, on se sent faible car, pour lutter, notre corps utilise beaucoup d'énergie.

Raphaël

J'aimerais bien être aussi rassurée sur notre sort...

– Regardez ! crie Ophélie à mes côtés. Qu'est-ce qu'il fait, ce globule blanc ?

Je jette un coup d'œil par la fenêtre du bus. Il y a un globule blanc qui agit bizarrement : il est en train de mitrailler des virus avec de minuscules missiles blancs.

– Ce sont des anticorps, explique la

maîtresse, un autre moyen de défense de notre corps.

Ophélie prend des notes.

– Je ne savais pas que notre corps était aussi intelligent, murmure Carlos, admiratif.

Pas de pitié pour les virus !

En plus des globules blancs « gloutons », qui dévorent les microbes menaçants (appelés antigènes), il existe d'autres globules qui bombardent les antigènes d'anticorps et signalent ainsi aux « gloutons » que ce sont des ennemis à détruire.

Ophélie

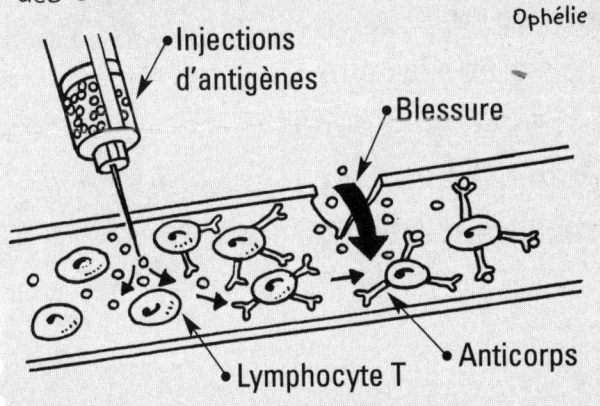

• Injections d'antigènes

• Blessure

• Lymphocyte T

• Anticorps

– Eh oui, Carlos, c'est une machine assez incroyable...

Juste à cet instant, une pluie d'anticorps s'abat sur le Bus magique.

– Oh, non ! s'exclame Ophélie. Les globules blancs de Jimmy croient que nous sommes un virus !

– Et maintenant, ajoute Raphaël, ils nous prennent pour cible !

– Cela prouve que les défenses naturelles de Jimmy fonctionnent à merveille, constate Mlle Bille-en-Tête.

Je suis nettement moins enthousiaste :

– Si les globules blancs sont aussi efficaces contre nous que contre les virus, nous allons être dévorés !

Déjà, un globule blanc s'approche, menaçant, du bus.

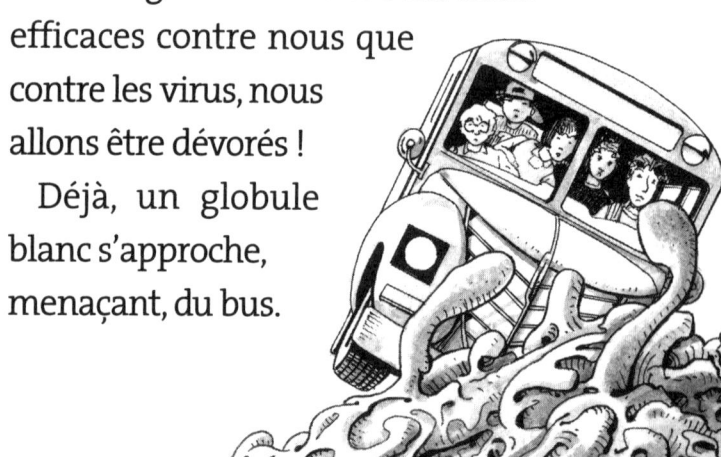

9

Victoire !

– Heureusement que le Bus magique possède un moyen de défense que n'ont pas les globules blancs ! dit la maîtresse.

– Ah oui, lequel ?

– Un moteur turbo... Accrochez-vous !

Mlle Bille-en-Tête accélère brutalement, et la vitesse me plaque contre mon siège. Nous échappons de justesse au globule glouton et poussons un cri de victoire :

– Hourrah !

Le Bus magique se faufile à toute allure entre les cellules de Jimmy. Bientôt, nous voilà de retour dans la caverne immense : sa bouche.

Là, les virus sont toujours aussi nombreux, mais les globules blancs appelés en renfort en font de la chair à pâté !

– Jimmy sera bientôt tiré d'affaire, dit Véronique.

– Lui, oui... Mais nous ? s'inquiète Arnaud.

À cet instant-là, la bouche de Jimmy s'ouvre en grand, et nous sommes aveuglés par la lumière. Des secousses agitent le Bus magique. Un grondement nous assourdit :

– Aaah... aaaahh...

Nous nous regardons en roulant des yeux effrayés.

– TCHOUMM !

L'éternuement nous propulse dans les airs. Saisie par le vertige, je n'ai plus aucun repère. Enfin, le bus se stabilise, et j'aperçois le bleu du ciel.

Tout à coup, je comprends :

– Hé, les copains ! On est dehors. Nous avons dû passer par la fenêtre de la chambre !

— Une chance qu'elle était ouverte, dit
Carlos, sinon, on s'écrasait dessus !

Je pose une question qui me tracasse
depuis tout à l'heure :

— Et les vaccins, alors, est-ce que ça
marche contre les virus ?

– Oui, répond la maîtresse. Malheureusement, il n'existe pas de vaccin contre le rhume...

Le Bus magique se pose dans la rue. Personne en vue : nous pouvons reprendre notre taille normale. Ouf !

Mlle Bille-en-Tête tape le mot « vaccin » sur l'ordinateur de bord.

Vaccins contre virus

Le vaccin est une substance qui aide à combattre les virus.
– Des germes sont injectés dans le corps. Ce sont des formes endormies du virus, qui sont sans danger pour nous.
– Nos globules blancs attaquent ces « faux » virus, les bombardent d'anticorps pour les mémoriser.
– Lorsque la vraie attaque de virus se produit, les globules blancs, qui connaissent maintenant l'ennemi, se jettent sur lui avant qu'il nous rende malades.

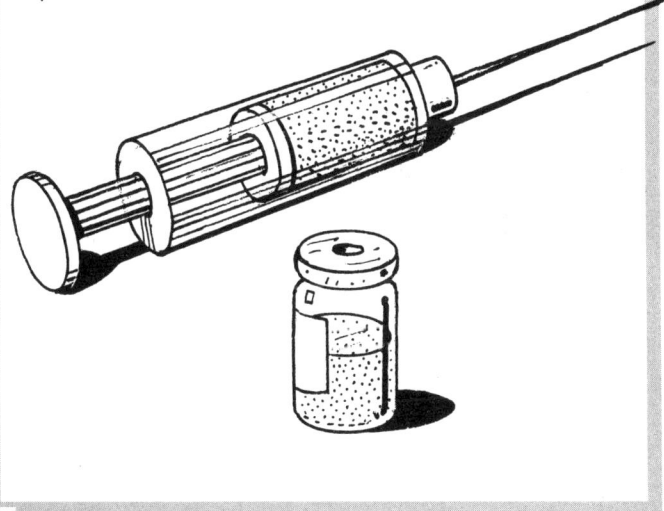

– Vous parlez d'un pique-nique tranquille ! dit Thomas.

– Moi, déclare Arnaud, j'ai retrouvé tout
mon appétit. Pas vous ?

Un grondement lui répond. Ce n'est pas
celui du moteur, mais celui de l'estomac de
Mlle Bille-en-Tête, qui éclate de rire :

– Prochain arrêt, la pizzeria « Chez Paolo ».

Un cri général d'enthousiasme accueille la proposition. « Youpi ! » Il faut dire que Paolo prépare les meilleures pizzas de la ville.

Devant la porte de la pizzeria, la maîtresse demande :

– Et que fait-on avant de manger ?

– Je sais ! dis-je aussitôt. On se lave les mains. Au savon et à l'eau chaude !

Parce que, les microbes, ça suffit pour aujourd'hui !

Fin

Si tu as aimé ce livre,
tu peux lire d'autres histoires
dans la collection

En route avec
Le Bus Magique !

Retrouvez ce grand succès télé
pour la première fois
en DVD VIDEO !

BONUS

- Découvre Mademoiselle Bille-en-tête et ses élèves

- Joue avec le Bus Magique

**Chaque histoire est une leçon unique...
Découvrez le corps humain
à travers 2 épisodes inédits en DVD VIDEO !**

www.ufg.fr

SCHOLASTIC